Der Frauenhasser

Warum sich ein Polizist bei Frauen anders verhält als bei Männern

Heike Scherer

AF284470

Heike Scherer

Der Frauenhasser

Psychothriller

Impressum

Bibliografische Information der Deutschen
Nationalbibliothek:
Die Deutsche Nationalbibliothek verzeichnet diese
Publikation in der Deutschen Nationalbibliografie;
detaillierte bibliografische Daten sind im Internet über
http://dnb.dnb.de abrufbar.

Herstellung und Verlag: BoD – Books on Demand,
Norderstedt

ISBN: 978-3-7543-4263-3

Kapitel 1

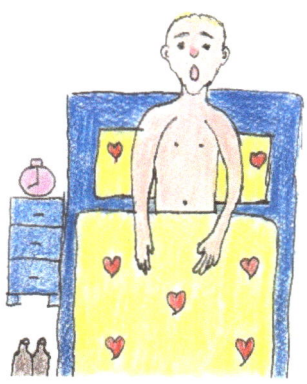

Mit halb geöffneten Augen blickte ich schnell auf
meinen Wecker: „Das darf doch nicht wahr sein! Es ist
schon 7.05 Uhr. Ich muss sofort aufstehen. Um 9 Uhr
bekomme ich meine Urkunde", schwirrten die
Gedanken durch meinen Kopf. Es war Ende August,
aber die Sonnenstrahlen waren schon am frühen
Morgen so warm, dass meine Wangen inzwischen vor
Hitze glühten. Eigentlich war ich noch schrecklich
müde und wäre gerne noch etwas länger im Bett
geblieben. Aber plötzlich erinnerte ich mich, dass ich
heute ganz pünktlich im Büro meines Chefs eintreffen
musste: endlich würde ich befördert werden! Wie
lange hatte ich sehnsüchtig auf diesen besonderen Tag
gewartet. Ich setzte mich auf und sprang mit einem
Schwung aus meinem Bett. Blitzschnell rannte ich ins

Bad, nahm eine erfrischende Dusche und zog mir in aller Eile meine blaue Polizeiuniform an. Noch schnell die Mütze aufsetzen, so konnte man nicht sehen, dass ich mit gerade erst 30 Jahren bereits eine Glatze hatte. Ich schämte mich dafür, vor allem, wenn ich mit Frauen zusammen war. Ich hatte schon alles Mögliche ausprobiert, mehrere Shampoos und Haarwasser, aber nichts hatte geholfen. Eine spezielle Therapie bei einem Fachmann wäre teuer und bei meinem Dienstplan nicht möglich. Deshalb musste ich mich damit abfinden. So war das bei meinem Vater ebenfalls gewesen und meine Mutter hatte ihn immer wieder damit aufgezogen, ohne zu merken, dass ihn das emotional sehr traf. Sie schäme sich, einen glatzköpfigen Mann zu haben, sagte sie sogar hin und wieder zu ihm. Mich machte das immer wieder traurig und ich bekam eine wahnsinnige Wut auf sie. Ich glaube, dass ich meine Mutter sogar ein wenig zu hassen begann. „Ich habe es geschafft und bekomme ab September 300 Euro mehr", freute ich mich. Eine Autofahrerin hatte ich nach einer Kontrolle im Juli an die Staatsanwaltschaft gemeldet, die daraufhin ein Strafverfahren gegen sie einleitete. Sie hatte mir zwar noch gesagt, dass sie auch gegen mein Verhalten und das des Kollegen vorgehen wolle, aber ob sie das wirklich tun würde? Das glaubte ich ihr ehrlich gesagt nicht. „Frauen reden viel, wenn der Tag lang ist", lachte ich hämisch. Jedenfalls war es mein dritter Erfolg innerhalb eines Monats gewesen. Am liebsten kontrollierte ich in der Nacht Frauen und freute mich, wenn ich bei ihnen etwas feststellen konnte. Dreimal war meine Kontrolle leider umsonst gewesen. Die eine Frau war zwar auf einem Faschingsball als Sängerin gewesen, aber das Gerät zeigte keinen Alkoholkonsum an und ich musste sie ziehen lassen. Einer anderen, die etwas zögerlich unterwegs war, konnte ich bei der Überprüfung nichts nachweisen und die dritte wollte, dass ich mit zu ihrer Wohnung fahre, weil sie keinen Führerschein im Auto hatte. Das war mir ehrlich gesagt, zu umständlich und ich ließ sie ohne weitere Maßnahmen heimfahren. Schon das Nichtmitführen der Dokumente hätte eigentlich zu einer Strafe geführt, aber vielleicht hätte ich an der Haustür noch Ärger mit ihrem Mann bekommen. Das wollte ich mir wirklich ersparen. Diesmal war es mir aber doch gelungen. Ich musste schmunzeln, wenn ich an diese Frau dachte. Eigentlich war sie nur etwas langsamer als 50 km/h gefahren und bei dem Nebel, der an dem Abend herrschte, war das sogar eine angemessene Geschwindigkeit. Aber die lang ersehnte Beförderung wollte ich mir wirklich nicht entgehen lassen. So fuhr ich dem Auto nach und hielt es an. Die Frau wirkte sehr verstört, als ich sagte: „Bitte zeigen Sie mir Ihren Führerschein und Fahrzeugschein!" Ich vermutete, dass mit ihr etwas nicht stimmte. Bei Männern drückte ich oft ein Auge zu, auch wenn ich gleich merkte, dass sie nach Alkohol stanken. Erst vor einer Woche hatte ich auf meiner nächtlichen Tour einen Mann angetroffen, der nur etwa 30 km/h und noch dazu in Schlangenlinien fuhr und mir gestand, dass er mit seinen Freunden in der Kneipe gerade zwei Liter Bier getrunken hatte. Laut Dienstvorschrift hätte ich auf jeden Fall einen Alkoholtest mit ihm machen müssen, aber ich fragte ihn: „Ist es in Ordnung, wenn Sie mir sofort 50 Euro bezahlen und ich nichts unternehme?" Natürlich war er einverstanden und bedankte sich für meine Großzügigkeit.

Wenn es aber eine Frau war, bei der ich Bedenken hatte, dann war ich immer streng. Ich versuchte alles, was mir möglich war, um sie anzeigen und ihr einen Prozess machen zu können. Irgendwie kam in diesem Moment immer wieder mein Hass auf meine Mutter in mir hoch. Ich erinnerte mich, dass die Augen der Frau sehr groß wirkten. „Sie haben doch Drogen eingenommen", hatte mein Kollege plötzlich in einem barschen Ton gesagt und ihr mit einer Lampe in die Augen geleuchtet. Ich erschrak fürchterlich. Das war eine Aussage, die er nicht hätte machen dürfen, unglücklicherweise war sie gefallen. Wir hatten den ganzen Abend in dem Ort gestanden und keinen Erfolg gehabt und er konnte seine Freundin nicht treffen. Eigentlich hätte er frei gehabt, aber musste für einen erkrankten Kollegen kurzfristig einspringen. Dass er wütend war, weil er sich schon so lange auf diesen Abend mit Essen im Restaurant und einer romantischen Nacht mit ihr gefreut hatte, verstand ich schon. Er hatte die Frau erst vor kurzem kennengelernt und Bedenken, dass sie die Beziehung einfach beenden würde, wenn er immer wieder keine Zeit für sie hätte. Aber trotzdem hatte er die zugelassenen Grenzen bei weitem überschritten. Er hatte ihr nicht erlaubt, ihre Tasche nochmals anzufassen, die Familie anzurufen und zur Toilette zu gehen, obwohl sie mehrmals eindringlich darum bat. Das Schlimmste aber war, dass er ihr aus lauter Wut darüber, dass das Prüfgerät nichts anzeigte, die Handschellen um ihre Handgelenke legte. Warum hatte er das nur gemacht und ich bin nicht eingeschritten, sondern habe ihn walten lassen und zugesehen? Eigentlich waren das alles Maßnahmen, die er nicht hätte anwenden dürfen, wenn die Unterlagen gleich ausgehändigt werden, wusste ich aus meiner Ausbildung. Ich hätte das nicht zulassen dürfen und dem Kollegen sofort Einhalt gebieten müssen. Ich hatte an diesem Abend die Oberaufsicht. Aber nun war mir das alles egal, jetzt stand meine Beförderung an, auf die ich so viele lange Jahre warten musste. „Der Zweck heiligt die Mittel, es wird schon nichts passieren", sagte ich mir in ruhigem Ton und lief gut gelaunt die Treppe hinunter. Aber immer wieder schweiften meine Gedanken ab und ich musste an diesen Abend denken, der so aus dem Ruder gelaufen war. Da ich schon etwas spät dran war, musste ich heute die Strecke zum Präsidium in nur 15 Minuten zurücklegen. Mir blieb nichts anderes übrig als die Sirene einzuschalten und einen Notfall zu simulieren. So könnte ich es doch noch pünktlich schaffen. „Die Autofahrer wissen das zum Glück nicht, sie werden zur Seite fahren und ich kann ohne Probleme schnell an ihnen vorbeirasen", lachte ich hämisch und stieg in mein am Straßenrand geparktes Polizeiauto ein.

Kapitel 2

Der kleine Martin wollte, wie es schon oft der Fall gewesen war, wieder einmal nicht essen, was die Mutter ihm gekocht hatte. Ich mäkelte an meinem Essen herum und warf das Besteck in hohem Bogen auf den Tisch. Spinat, Kartoffeln und Rührei hatte meine Mutter schon wieder gemacht, obwohl sie wusste, dass ich das überhaupt nicht leiden konnte. Als ich gerade voller Wut in mein Zimmer rennen wollte, kam sie mit dem Kochlöffel auf mich zu, packte mich am Arm und schlug mir dreimal fest auf den

Hintern. Es war nicht das erste Mal, dass ich von Mutter Schläge erhielt. Seit Vater ausgezogen war, war das Geld knapp und meine Mutter musste sehr einteilen, um bis zum letzten Tag des Monats damit auszukommen. Sie arbeitete nachts neben ihrem Hauptberuf noch in einer Kneipe und schenkte an der Bar die Getränke aus. „Da bekomme ich außerdem jeden Abend noch einmal fast genauso viel Trinkgeld, bitte sei nicht traurig, wenn ich dreimal in der Woche dort arbeite", tröstete sie mich. Oft kam sie erst nach 2 Uhr heim und hatte dann weniger als fünf Stunden Schlaf. Wenn der Wecker um 7 Uhr klingelte, damit sie mich rechtzeitig bis um 8 Uhr in den Kindergarten bringen konnte, war sie oft noch müde. Mit viel Kaffee hielt sie sich im Büro wach, um ihre Arbeit immer zur Zufriedenheit des Chefs erledigen zu können. Ab und zu passierte es mir auch, dass ich es nachts nicht mehr ins Bad zur Toilette schaffte und ins Bett machte. Auch dann bekam ich Schläge von meiner Mutter. Plötzlich entwickelte sich bei mir eine maßlose Wut auf sie, aber auch auf andere Frauen und Mädchen. Im Kindergarten schlug ich die Mädchen, wenn sie mir beim Spielen etwas wegnahmen oder wenn sie sich im Garten schnell vor mir auf die Schaukel setzten. Der Hass auf Frauen wurde von Jahr zu Jahr stärker. Als ich älter wurde, hatte ich zwar Freundinnen, aber es war immer ein gespaltenes Verhältnis. Anfangs glaubte ich, sie zu lieben, aber manchmal kam die Wut aus der Kindheit ganz plötzlich wieder zum Vorschein. Die Liebe verwandelte sich schnell in Hass, wenn Worte der Widerrede mir entgegenkamen. So hielt keine Freundschaft länger als ein Jahr. Meist beendete ich die Beziehungen nur nach wenigen Monaten. Ich hatte die Frauen eigentlich schnell wieder vergessen, umgekehrt aber nicht. Manche Freundin rief mich immer wieder an und wollte mich erneut treffen. Irgendwann gab aber jede nach mehreren Telefonaten auf und ich hatte meine Ruhe. Bei Martina aber war alles anders. Sie war eine ganz besondere Frau und ich war irgendwie von ihr abhängig geworden. Ich spürte das zwar, aber ich konnte mich nicht dagegen wehren. Vielleicht lag es auch daran, dass sie so beliebt war. Sie hatte einen großen Bekanntenkreis und alle meine Freunde beneideten mich um diese außergewöhnliche Frau. Sie war nicht nur hübsch, sondern außerdem noch groß und schlank, hatte lange blonde Haare und wunderschöne blaue Augen. Der Traum eines jeden Mannes! Martina war erst vor knapp einem Monat mit ihrem Studium fertig geworden und hatte es durch ihre Traumnote 1,0 sogar geschafft, eine Stelle bei der Staatsanwaltschaft Augsburg zu bekommen. Das war nicht schlecht für mich: ich konnte mich wirklich hundertprozentig auf sie verlassen. Auch wenn nicht immer alles der Wahrheit entsprach, was ich in den Protokollen schrieb, glaubte sie es mir und jeder Fall landete vor dem Amtsgericht, wo ich als Zeuge geladen wurde.

Kapitel 3

Die Staatsanwaltschaft forderte mich mit einer E-Mail auf, innerhalb von zwei Tagen zu dem Fall der überprüften Autofahrerin Stellung zu nehmen. Ganz genau erinnerte ich mich nach einem Monat nicht mehr an diesen späten Abend. Wir hatten den ganzen Abend ab 17 Uhr im Auto gesessen und waren durch den Ort gefahren, hatten verschiedene Autofahrer kontrolliert, aber es war nichts zu beanstanden gewesen. Ein unerfreulicher Arbeitstag für uns. Keine extra Prämie für die Aufdeckung einer Verfehlung im Straßenverkehr! Es war bereits kurz nach Mitternacht gewesen und ein extrem langer Arbeitstag lag hinter mir. Aber ich wusste noch, dass ein Fest in dem Ort stattgefunden hatte und ein Teil der Straße gesperrt gewesen war. Die Frau hatte an der Ampel gehalten und erst links geblinkt, dann hatte sie nach rechts geblickt und gesehen, dass das Ortszentrum frei war. Sie blinkte rechts und bog in diese Richtung ab. Eigentlich war das Verhalten vorbildlich gewesen und die 45 km/h waren auch noch in Ordnung. Schließlich heißt es ja, die Geschwindigkeit müsse so sein, dass man jederzeit anhalten könne und dem Wetter und den Sichtverhältnissen angepasst sein. Ich schrieb: „Trotz grüner Ampelschaltung hielt sie ohne Grund an, fuhr dann 10 Sekunden nach links und plötzlich schlagartig nach rechts. Sie fuhr grundlos langsam." Der im Blut ermittelte Alkoholwert rechtfertigte eigentlich nur eine einmonatige Sperre, aber wenn ich den Sachverhalt drastischer darstellen würde als er tatsächlich war, käme es auf jeden Fall zu einem Gerichtsprozess, wie ich aus meiner langjährigen Erfahrung wusste. Ich tippte sorgfältig meine Ermittlungen in den Computer ein. „Martina wird schon dafür sorgen, dass ich nach 14 Jahren endlich mein Ziel erreiche und Polizeihauptmeister werde", dachte ich mir dabei und lachte nur ganz leise, so dass es meine Kollegen im Büro nebenan nicht hören konnten. Mit 16 Jahren war ich in den Polizeidienst eingetreten. Andere Menschen kontrollieren und bestrafen zu können, daran würde ich große Freude haben, war meine Überlegung bei der Berufswahl. Darum hatte ich alles dafür getan, um die vielen Einstellungsbedingungen zu erfüllen. Ich war schon als Kind sehr sportlich, joggte jeden Abend mindestens 45

Minuten und beteiligte mich bei allen Wettbewerben in der Region. Halbmarathons, Stadtläufe oder Silvesterlauf, überall war ich dabei und belegte einen der vorderen Ränge. Ich trainierte sehr hart für den Sporttest und intensivierte mein Training noch einmal im letzten Monat vor der Prüfung. Jeden Tag legte ich eine Strecke von zehn Kilometern zurück, schwamm einmal in der Woche eine Stunde im Schwimmbad oder im Sommer im See. Ich strengte mich bei meiner Abschlussprüfung an, um die Realschule mit der Note 1,9 verlassen zu können. Außerdem bewarben sich meistens sowieso weniger Schulabgänger im Polizeiberuf als Nachwuchskräfte gebraucht wurden. Deshalb ging mein Wunsch in Erfüllung und ich wurde auf Anhieb in Augsburg eingestellt. In den vergangenen Jahren waren schon Kollegen befördert worden, die jünger als ich waren. „Jetzt muss auch ich endlich einmal dran sein", murmelte ich wütend. Ich tippte die E-Mail-Adresse der Staatsanwaltschaft ein, fügte das verfasste Schreiben als Anhang hinzu und drückte auf „Senden". So wie ich es geschildert hatte, würde Martina mindestens ein Jahr und eine Geldstrafe von 2500 Euro festsetzen, wusste ich von den vorherigen Fällen. Ich hoffte natürlich, dass die angeklagte Frau wieder keine Rechtsmittel einlegen werde. Die meisten Beschuldigten hatten vermutlich keine Rechtsschutzversicherung und wussten, dass ein Anwalt und ein Einspruch sehr teuer wären. So akzeptierten sie die festgesetzte Strafe und bezahlten sofort. Nur wenn ich in diesem Fall erfolgreich sein würde, könnte ich mit einer Beförderung rechnen, wusste ich. „Es muss diesmal unbedingt klappen, bitte, bitte, bitte!" betete ich innerlich. Ob Gott eine Lüge akzeptieren würde, um mich meinem Ziel näherzubringen?

Kapitel 4

Sabine Lang saß in der Küche ihres Hauses und telefonierte mit einem Bekannten, der sie in der Nacht noch bis zum Auto begleitet hatte. „Hast du das wirklich alles so erlebt oder zitierst du aus einem Kriminalroman, den du vor kurzem gelesen hast?"

fragte sie Ferdinand Bayer. Er habe sie sogar noch gesehen, wie sie an der Ampel abgebogen war, als er in die andere Richtung weiterfuhr, verriet er ihr zuletzt. Als er das Ortszentrum betrat, war ihm am Bahnhof schon um 19.30 Uhr ein blaues Polizeiauto aufgefallen, aber er hatte nicht geglaubt, dass die Beamten bis nach Mitternacht dort ausharren und auf ein Opfer warten würden. Er versprach, Sabine am Haus abzuholen und mit ihr und ihrem Mann zum Auto zu fahren, das noch in der Hauptstraße bei einem Geschäft abgestellt war. Bald würde der Samstagsverkehr losgehen und außerdem könnte in dieser Straße eine Parkscheibe nötig sein. In vielen Straßen im Ortszentrum war die Parkzeit auf zwei bis drei Stunden beschränkt. Es waren nur sehr wenige Autofahrer unterwegs, die sich beim Bäcker ihre Semmeln und Brezen für das Frühstück holten. Ferdinand Bayer gab Sabine Lang die Telefonnummer eines Bekannten, der einen guten Anwalt wusste. Sofort nach der Rückkehr ins Haus rief Sabine, noch völlig übermüdet von der kurzen Nacht mit vier Stunden Schlaf, Ferdinands Bekannten und danach den Anwalt auf dem Handy an. „Ich werde gleich am Montag zur Polizei fahren, um den Autoschlüssel und den Führerschein zurückzufordern. Ich benötige dringend eine Vollmacht von Ihnen, die ich Ihnen jetzt gleich per E-Mail zusende und die ich unterschrieben bis Sonntag in meinem Briefkasten benötige", erklärte Simon Fleißig. Sabine Lang war nach diesem Telefonat beruhigt und machte sich auf den Weg zu ihrem heutigen Auftrag. Gestern Abend hatte sie von 19 bis 22.30 Uhr Dienst gehabt, heute war sie bereits wieder um 14 Uhr im Einsatz. Da sie nur wenig Rente bekam und davon alles selbst für sich und die Tochter bezahlen sollte, musste sie sich durch zusätzliche Jobs etwas Geld dazuverdienen. Ab und zu wollte sie sich auch einmal ein neues Kleidungsstück oder ein Essen im Restaurant gönnen. Hin und wieder ein paar Malutensilien oder eine kleine Auszeit in einem Wellnesshotel oder eine Reise zur Schwester oder Freundin. Aber fast das ganze Geld ging für das Essen, die Krankenversicherung und weitere Versicherungen weg. Haushaltsgeld bekam sie eine Weile nur sehr wenig und seit einem Jahr war ihr auch noch dieser kleine Betrag gestrichen worden. So nahm sie alles an, was man ihr anbot, auch wenn es spät abends war oder sie sich gesundheitlich nicht so gut fühlte. „So müde wie ich heute bin, wird das ein schwerer Tag für mich", dachte sie und kippte noch eine weitere Tasse Kaffee hinunter, ohne daran zu denken, dass sie eigentlich wegen ihres erhöhten Blutdrucks vorsichtig sein sollte. Aber erst gegen 19 Uhr würde der Sieger des Fußballturniers feststehen, den sie fotografieren und interviewen musste. Es wird also wieder gegen 22 Uhr werden, bis ich mit meiner Arbeit fertig sein werde, überlegte sie. Schnell schwang sie sich auf ihr Fahrrad und fuhr los. Gottseidank schien die Sonne heute wieder und so merkte sie ihre bleierne Müdigkeit nicht sofort. Zum Sportplatz waren es etwa 15 Minuten.

Kapitel 5

Das Handy zeigte einen entgangenen Anruf an. Sabine Lang wählte die Nummer an und rief sofort zurück. Es war der Anwalt, dem sie das Mandat ausgestellt hatte. Den Schlüssel hätte er wiederbekommen, den Führerschein nicht. „Warum haben sie das Protokoll unterschrieben und sich bereit erklärt, den Führerschein da zu lassen?" erklärte er ihr mit deutlichen Worten. Hätte sie sich geweigert, die Unterschrift zu geben, wäre eine Rückgabe nach drei Tagen notwendig gewesen. So allerdings nicht und sie müsse sich vermutlich drei Monate gedulden, bis das Schreiben der Staatsanwaltschaft eintreffen werde.

Sabine Lang war entsetzt. Sie hatte nicht geglaubt, dass der Polizist sie auf diese Weise hereingelegt hatte. War das etwa sein Plan gewesen und was wollte er damit erreichen? Angst schnürte ihr die Kehle zu. Bereits vor ein paar Jahren war sie von einer Verkehrshelferin zu Unrecht angezeigt worden. Diese war wütend gewesen, weil immer wieder Autofahrer überhaupt nicht am Zebrastreifen hielten und hatte mit einem Polizisten der zuständigen Polizeidienststelle vereinbart, bei dem nächsten kleinen Fehler mit einer Zeugin für eine Anzeige vorbeizukommen. Sie war einfach länger auf der Straße stehengeblieben als erforderlich und eine Zeugin für die Anzeige war schnell gefunden. Am nächsten Tag sprach Sabine Lang mit einer Bekannten, deren Ex-Mann Kriminalpolizist war. „Natürlich wird da oft etwas dazu erfunden. Je mehr Fälle ein Polizist aufdecken kann umso schneller steigt er verdienst- und rangmäßig nach oben", verriet Dagmar Hase ihr sofort. Die beiden kannten sich erst wenige Wochen über Facebook. Persönlich hatten sie sich noch nicht gesehen. Dagmar Hase beriet andere Frauen, die durch Sport und gute Ernährung eine gesundheitliche Verbesserung erreichen wollten. Sabine Lang war nach diesem Gespräch entsetzt. Sie hatte es nicht für möglich gehalten, dass sie auf einen Polizisten getroffen war, der so etwas machen würde. Bisher hatte sie immer nur gute Erfahrungen mit der Polizei gemacht, wenn ihr oder ihren Kindern ein Fahrrad gestohlen oder die Tasche oder der Geldbeutel in der

Großstadt entrissen worden war. Das war nicht nur einmal passiert, schon fünf Fahrräder waren in 15 Jahren verschwunden. Dreimal war sie beraubt worden, einmal bei einer Urlaubsreise durch Spanien, zweimal in München beim Einkaufen. Die Polizisten, die die Vorfälle aufnahmen, waren immer sehr freundlich gewesen. Ebenso entsetzt war sie, als sie eine junge Polizistin für ein Interview sprechen wollte und von dem Polizisten, der ihr öffnete, sehr barsch angesprochen wurde. Zu der jungen Kollegin war er auch sehr dominant, sie durfte das Auto nicht selbst aus dem Schatten wegfahren. Er bestand darauf, es zu tun. „Ob das wirklich ihr Traumberuf sein kann, wenn sie solche männlichen Kollegen hat? Dem möchte ich jedenfalls abends nicht persönlich begegnen, wenn ich alleine unterwegs bin", dachte sich Sabine Lang auf dem Rückweg zu ihrem Auto. Dass dieser schreckliche Gedanke zwei Tage später schon Wirklichkeit werden würde, hätte sie nicht für möglich gehalten. Wie in einem nicht enden wollenden Alptraum hatte sie sich gefühlt, als sie drei Stunden festgehalten und wie eine Schwerverbrecherin behandelt wurde. Warum durfte sie nichts trinken, warum trotz plötzlich doch wieder starker Bauchschmerzen nicht zur Toilette gehen oder jemanden anrufen? Sie hatte ihre Arbeit gemacht und war todmüde nach Hause gefahren. Seit Wochen hatte sie gesundheitliche Probleme, aber sich trotzdem nicht ins Bett gelegt. So etwas kannte sie nicht, nur bei starker Erkältung mit Fieber oder Übelkeit legte sie sich hin. Aber nicht bei Regelbeschwerden oder ein bisschen Kopfweh. Da versuchte sie es erst einmal mit einer großen Tasse Kaffee und wenn auch das nichts half, dann nahm sie eine Tablette ein. Aber wirklich nur im äußersten Notfall. Jeden Tag das Beste geben und sich nicht gehen lassen, hatte ihr ihre Mutter als Jugendliche immer wieder gesagt und es ihr so vorgelebt. Hätte sie sich bloß nicht die zwei kleinen Flaschen Pils bestellt, sondern nur das Wasser getrunken oder noch etwas gegessen, bevor sie das Haus verließ. Sie hatte fast Todesangst gehabt, als sie diesen zwei grausamen Polizisten so hilflos ausgeliefert war. Wäre eine Polizistin dabei gewesen, wäre sie sicher anders behandelt worden. Würde sie eventuell später gesundheitliche Folgeerscheinungen haben, weil sie drei Stunden nicht zur Toilette gehen durfte, obwohl sie starke Blutungen hatte? Warum hatten sich die beiden Polizisten ihr gegenüber so frauenfeindlich verhalten?

Kapitel 6

Ein Alptraum riss mich aus dem Schlaf. Was ich heute
erneut geträumt hatte, war mir im Alter von zehn
Jahren passiert! Ich rannte durch den Garten, um nicht
wieder Schläge zu bekommen. Aber Mutter erwischte
mich trotzdem und diesmal passierte etwas, was
bisher noch nie vorgekommen war. Der Grund für ihre
Wut war folgender: Mein Zwerghase hatte ihre frisch
gepflanzten Salat- und Kohlrabi-Pflanzen abgefressen.
Weil ich nicht gut genug auf ihn aufgepasst hatte,
musste ich dafür büßen. Es tat schrecklich weh und
später auf der Toilette sah ich, dass mein Po an einer
Stelle sogar blutete. Diese Wunde würde bis zum
nächsten Tag unmöglich wieder verheilt sein. Um
Gottes Willen, morgen ist Schwimmunterricht und

dann sehen es meine Mitschüler, wenn ich meine Badehose anziehe! Ich versuchte natürlich, mich beim Umziehen wegzudrehen, aber mein größter Feind Peter sah es trotzdem und lachte laut: „Schaut mal, den Martin an. Der ist zu blöd, Rollschuh zu fahren?" rief er hämisch. Ich hatte niemandem verraten, dass ich von Mutter immer wieder Schläge bekam. Auch diesmal schwieg ich voller Scham. Sollten meine Mitschüler einfach glauben, dass ich beim Inliner fahren hingefallen war. Immer noch besser, als wenn sie wissen, dass ich von meiner Mutter geschlagen werde, dachte ich mir. Dieser schreckliche Traum verfolgte mich immer wieder. Auch heute nach 20 Jahren kam er wieder hoch. Schnell zog ich mich an und fuhr ins Polizeirevier. Nach so einem Alptraum war es schwer für mich, so konzentriert wie sonst zu arbeiten. Heute musste ich außerdem noch im Büro ziemlich schwierige Schreiben erledigen, die ich gestern nicht mehr alle geschafft hatte. Ich hatte eine Woche Frühschicht, erst zwei Stunden im Büro, dann vier Stunden auf Streife. Die nächste Woche bestand aus Spät- und Nachtschichten. Mehrere Fälle lagen auf meinem Schreibtisch. Ein Gerangel unter Jugendlichen, die betrunken gewesen waren. Einer hatte dem anderen einen Faustschlag versetzt und die Nase gebrochen. Ein Unfall mit zwei Verletzten und einem hohen Schaden an beiden Autos auf der B300 von Aichach nach Ingolstadt. Der eine Autofahrer war übermüdet gewesen und war trotz Nebels 120 km/h gefahren. Auch der Fall der Autofahrerin lag erneut auf meinem Schreibtisch. Ich hatte sie damals angerufen und ihr gesagt: „Nach all dem, was Sie mir eben erzählt haben, wird Ihr Fall mit großer Wahrscheinlichkeit eingestellt werden!" Sie hatte sich mit dem harten Urteil von Martina nicht abgefunden, sondern Einspruch eingelegt. Ich wurde für den anstehenden Prozess als Zeuge geladen. Der Termin war der 11. November um 10 Uhr im Amtsgericht Aichach. Ich notierte es mir schweren Herzens im Kalender. Mein empfindlicher Magen rebellierte schon jetzt bei dem Gedanken an diesen Tag. Ob ich meine Lügen erneut so vorbringen könnte, dass mir die Richterin glaubte? Bis jetzt hatte es immer geklappt. Aber die Richterin, die diesmal über den Fall entscheiden würde, hatte ich noch niemals vorher gehabt. Mir war leicht mulmig zumute. Mein Herz raste und ich hatte fast wieder eine Panikattacke.

Kapitel 7

Simon Fleißig hatte zwei Zeugen für den baldigen Prozess laden lassen. Heute wollte er mit Sabine Lang besprechen, wie sie sich beim Termin verhalten müsste. Es war ihm bisher noch nie passiert, dass eine so seltsame Aussage eines Polizisten akzeptiert worden war und die Aussage seiner Mandantin angezweifelt wurde. Er war leicht aufgeregt und schwitzte in seinem schwarzen Anzug. Er hatte die dicken Augenbrauen hochgezogen und schaute ernst durch seine schwarz gerahmte Brille. „Sie müssen auf jeden Fall sagen, dass es Ihnen sehr leidtut, dass sie die Einladung auf das Bier angenommen haben", murmelte er und schaute erneut in seine Akten. Er rief nochmals bei dem Gericht an und bat, auch einen Angehörigen laden zu lassen. Der hätte bestätigen können, wie hart die psychischen Belastungen nach dem unerwarteten Trauerfall in der Familie gewesen waren. Es wurde ihm aber abgelehnt. Trotzdem war er sich ziemlich sicher, dass der Führerschein an diesem Tag zurückgegeben werden müsste. Bei der geringen Überschreitung war die Strafe von Anfang an viel zu hoch festgesetzt worden. In den zehn Jahren seiner Tätigkeit war ihm so etwas noch niemals passiert. Was war da nur los, ob es an dieser neuen Staatsanwältin lag, die erst im Juli in Augsburg begonnen hatte? Warum legte sie ein ganz anderes Strafmaß an als ihre Kollegen, mit denen er jahrelang zusammengearbeitet hatte? Was war nur ihr Motiv für eine so übertriebene Härte? Er fand wirklich, dass sie die Autofahrer weitaus schlimmer bestrafte als es das Gesetz vorsah. Ein Monat wäre es nach Auslegung der Gesetze gewesen, warum hatte sie daraus ein Jahr gemacht? Er würde sich besonders anstrengen, um das in ihn gesetzte Vertrauen nicht aufs Spiel zu setzen. „Ich will meinen guten Ruf nicht verlieren. Wenn ich gewinne, dann habe ich eine neue Mandantin dazugewonnen, die das nächste Mal gerne wiederkommt und mich auch an Freunde weiterempfehlen wird", überlegte er und bereitete sich auf den Prozess sorgfältig vor. In genau einer Woche schon war er es soweit. „Ich werde es schaffen, dass ich das Gericht überzeuge. Ich bin ja kein Neuling in Sachen Strafrecht", sagte er voller Selbstbewusstsein.

Kapitel 8

Ich war wahnsinnig aufgeregt und mir war so übel, als ich aufwachte und blitzschnell ins Bad lief. Ich musste mich übergeben. Vor lauter Grübelei hatte ich gestern drei Flaschen Bier in kurzer Zeit nacheinander heruntergekippt. Dabei trank ich sonst immer nur ein Bier, um am Morgen nicht müde zu sein. Aber ich konnte einfach nicht einschlafen, wenn ich an diesen Gerichtstermin dachte, der mir heute bevorstand. Deshalb öffnete ich mir trotz der schrecklichen Hitze noch eine zweite und eine dritte Flasche. Als ich im Bett lag, drehte sich das Zimmer und ich kam mir vor wie im Karussell auf dem Plärrer. Gegen 2 Uhr am Morgen war ich erst eingeschlafen. Schon fünf Stunden später läutete mein Wecker und mein Kopf hämmerte. Als ich in den Spiegel blickte, sah ich darin ein blasses Gesicht. Schnell zog ich mich an. Großen Hunger verspürte ich nicht, ich trank nur ein Glas Wasser und eine Tasse Kaffee, aß dazu ein Toastbrot mit etwas Honig. Bis nach Aichach war es eine halbe Stunde und es war bereits 9.20 Uhr. Da musste ich wieder einmal schneller fahren als es mir erlaubt war.

Als ich eintraf, war die Tür des Gerichtssaals bereits verschlossen. Nur die anderen beiden Zeugen standen vor der Tür und warteten auf ihren Aufruf. Aber ich war als erstes dran. Plötzlich hörte ich meinen Namen: „Martin Groll, bitte kommen Sie in Raum 1 als Zeuge!" Ich musste schwören, dass ich die Wahrheit sagte. Ohne rot zu werden, ging mir diese Aussage über die Lippen. Dann wurde die Anklage, die ich geschrieben hatte, von der Richterin vorgetragen. „Stimmt das alles so. Schildern Sie bitte nochmals den Abend", verlangte sie von mir. Ich erzählte, dass die Frau mir den Führerschein aus der Hand reißen wollte, auch wenn es nicht so war. Ich erwähnte, dass sie nach der Überprüfung im Krankenhaus so schlecht laufen konnte, dass ich sie stützen musste. Meine Schilderung musste richtig dramatisch klingen, um glaubhaft zu wirken. Plötzlich meldete sich die Frau zu Wort: „Das stimmt ja gar nicht. Sie hatten mir verboten, zur Toilette zu gehen. Deswegen hatte ich dann solche Bauchschmerzen, dass ich kaum noch laufen konnte. Sie haben mich zu keinem Zeitpunkt berührt. Das hätte ich überhaupt nicht zugelassen", rief sie erbost in meine Richtung. Schließlich meldete sich auch Martina zu Wort: „Wir haben genug gehört. Wenn jetzt noch die beiden Zeugen angehört werden, wird Ihre Strafe schlimmer ausfallen. Also überlegen Sie sich bitte genau, was Sie möchten", sagte sie mit ruhiger, fester Stimme und schaute ganz vorsichtig zu mir hinüber. Sie dachte natürlich an meine Beförderung, die auf dem Spiel stand. Aufgeregt besprach sich der Anwalt mit seiner Mandantin. Sicher würde er ihr auch dazu raten, auf die Zeugenaussagen zu verzichten. Ich war jedenfalls sehr zufrieden, dass meine Aussage wieder nicht angezweifelt wurde. Simon Fleißig forderte eine Besprechung mit der Richterin und der Staatsanwältin. Er wollte den Führerschein zurückholen, damit Sabine Lang nach vier Monaten wieder wie gewohnt arbeiten konnte. Sie hatte täglich mehrere Termine außerhalb ihres Wohnortes und musste diese 10 bis 15 Kilometer momentan mit dem Rad zurücklegen. Bald schon würde es den ersten Schnee geben und das war nicht nur unangenehm, sondern auch gefährlich, bei solch einem Wetter aufs Fahrrad angewiesen zu sein. Vor allem nachts war das für eine Frau keine angenehme Sache, sich mit dem Fahrrad fortzubewegen. Immer wieder waren nachts Männer, oft Ausländer, alleine auf den Straßen unterwegs, die sie anreden wollten oder oft sogar betrunken waren. Sie hatte wirklich Angst und verzichtete deshalb darauf, abends zu arbeiten oder fortzugehen. Außerdem hatte sie immer noch Schmerzen in ihrer operierten Schulter und die Kälte war da sicher nicht von Vorteil.

Da ertönte schon der Urteilsspruch der Richterin: „Die Strafe wird auf 50 Tagessätze à 35 Euro festgesetzt und Sie bekommen den Führerschein erst in vier Monaten zurück!" Während ich innerlich jubelte, sah ich die betroffenen Gesichter bei der Angeklagten und ihrem Anwalt. Sie hatten natürlich eine andere Entscheidung erwartet. Ich versuchte, durch meinen Gesichtsausdruck nicht zu zeigen, dass ich mich über den Ausgang des Prozesses wahnsinnig freute. Meine Beförderung rückte in greifbare Nähe!

Kapitel 9

Heute hatte ich Dienst mit Kollegin Susanne Maurer.
Da musste ich mich genau an die Vorschriften halten
und das hieß: Männer und Frauen genau gleich
behandeln so wie es uns die Gesetze vorschrieben.
Unseren ersten Einsatz hatten wir bereits auf dem
Weg von Friedberg nach Kissing. Ein Auto stand in
einer Böschung und wir näherten uns ganz vorsichtig
dem Unfallfahrzeug. Der Fahrer hatte vermutlich
wegen überhöhter Geschwindigkeit die Kontrolle
verloren und war von der Fahrbahn abgekommen.
Aber es verhielt sich ganz anders, meine Kollegin

merkte es sofort beim Öffnen der Fahrertür: uns schlug ein starker Geruch nach Schnaps entgegen. Ich erschrak heftig, denn es war leider ein Mann, der das Auto gefahren hatte. Der Verdacht lag nahe, dass der etwa 56-jährige Fahrzeuglenker mindestens 1,3 Promille hatte und wir ihm den Führerschein entziehen mussten. Bis zum Wert von 1,1 Promille reichte es, wenn wir den Führerschein nur vier Wochen einzogen, aber wenn der Wert höher war, blieb uns keine andere Wahl. Bei Frauen war ich natürlich nicht so kulant, da war die Überschreitung von 0,5 Promille schon ein Grund, es der Staatsanwaltschaft zu melden, wenn ich noch erschwerende Umstände anführen konnte. Was den Mann hier anbelangte, tat mir der sehr leid. Gerne hätte ich erneut ein Auge zugedrückt, aber diesmal war es mir nicht möglich. Susanne veranlasste auf der Stelle eine Blutabnahme und das Ergebnis war weitaus schlimmer: 2,1 Promille waren es sogar! Wir fuhren weiter Richtung Kissing und bemerkten ein Auto, dass sehr langsam fuhr. Zwei ältere Damen, etwa 75 Jahre alt, schätzte ich, saßen in dem Auto und sie sahen uns ganz erschrocken an. „Warum haben sie uns denn jetzt angehalten?" fragte die Fahrerin ängstlich. „Ich bin bisher noch nie gestoppt worden und fahre seit vielen Jahren abends Auto", sprach sie weiter. „Sie sind ausgesprochen langsam unterwegs, wo waren Sie?" erkundigte ich mich neugierig. Bei einem Malkurs wären sie gewesen und seien jetzt schon etwas müde, sagten beide zu mir. „Haben Sie Waffen im Auto?"

fragte ich weiter. Hinten im Auto lagen viele Tüten und Kisten und das kam mir verdächtig vor. Aber es wären nur die Pinsel und Farben, sagte die Beifahrerin. Ich ließ mir alles genau zeigen, denn den Aussagen von Frauen glaubte ich nicht so schnell. Sogar einem Alkoholtest stimmte die Fahrerin zu, aber es war leider unter dem erlaubten Wert. „Mist, da können wir jetzt nichts machen!" murmelte ich ärgerlich. Wenn ich die hätte melden können, wäre das wieder ein Erfolg für mich gewesen. Frauen erwischen und zur Anzeige zu bringen, das ist für mich das, was für andere Männer ein Orgasmus ist! Diesmal war für mich leider kein Höhepunkt möglich!

Kapitel 10

Sabine Lang war sehr ärgerlich und rief noch am
Nachmittag nach dem Prozess bei Simon Fleißig an. Sie
verlangte, dass er in Berufung gehen sollte. Wie
konnte es passieren, dass der Polizist erneut die
Falschaussage im Gerichtssaal wiederholte und ihm
trotzdem durch die Staatsanwältin und Richterin
Glauben geschenkt wurde? Warum wurden die Zeugen
erst geladen und dann doch nicht gehört? Ein
Gerichtsprozess sei wie eine Fahrt auf hoher See. Mal
gehe es gut aus, mal nicht. Das kommt ganz alleine auf
den Richter an, hatten ihr mehrere Freunde
geantwortet. Aber sie wünschte sich Gerechtigkeit.

Schon so oft war sie ungerecht behandelt worden: den Arbeitsplatz hatte man ihr nach dem zweiten Erziehungsurlaub genommen und vorher war sie trotz guter Leistungen nicht befördert worden. Sie fragte sich jetzt: Warum glaubte man ihrer Aussage, die der Wahrheit entsprach, nicht, sondern der falschen Behauptung des Polizisten? Ihr Anwalt freute sich, dass er den Fall weiterverfolgen konnte und versprach, sein Bestes tun zu wollen. Schnell setzte er sich an seinen Computer und verfasste das notwendige Schreiben für eine Berufung. Wenige Minuten später sandte er es schon an das Gericht ein. Er wusste allerdings, dass das Landgericht eine Entscheidung des Amtsgerichtes in den seltensten Fällen anzweifelte, sondern in der Regel bestätigte. Aber er wollte es trotzdem versuchen, vielleicht hatte er ja dieses eine Mal doch mehr Glück als bisher. Vielleicht erkannte die andere Richterin, dass der Verlauf des Prozesses nicht unbedingt so hätte geschehen dürfen. Jedenfalls würde er nochmals Geld verdienen und das konnte er gut gebrauchen. Schließlich hatte er eine kleine Tochter, der er so gut wie jeden Wunsch erfüllen wollte. Das waren jeden Monat sehr viele: ein neues Kleid, dann wieder ein Kinderbuch, einen neuen Malkasten oder ein Besuch bei Mc Donalds. Da musste er tief in die Tasche greifen und nicht jeder Monat lief so gut wie jetzt gerade. Da er oft bis spät in die Nacht in seiner Kanzlei arbeitete, wollte er ihr keinen Wunsch abschlagen. „Mädchen kosten ihrem Vater schon sehr viel Geld, das erst einmal verdient werden muss! Ich werde mich diesmal wirklich reinhängen", sagte sich Simon Fleißig. Er schaltete seinen Computer aus, um in den wohlverdienten Feierabend zu starten.

Kapitel 11

Angelika Portner freute sich auf ihren Klavierabend im Kleinen Goldenen Saal in Augsburg. Daniil Trifonov würde auftreten und verschiedene Stück von Franz Liszt spielen. Sie hatte das junge Talent bisher noch nie gehört, aber schon von vielen Schülern gehört, dass er so außerordentlich gute Leistungen zeigte. Deshalb wollte sie ihn nicht verpassen, wenn er zum ersten Mal hier in der Region auftreten würde. Die Karten hatte sie sich schon vor längerer Zeit im Internet gekauft und ihren Sohn Bernd eingeladen, sie dorthin zu begleiten. Danach wollten sie noch in einem italienischen Restaurant den Abend bei einer leckeren Pizza und einem Tiramisu ausklingen lassen.

Daniil Trifonov spielte exzellent gut. Angelika Portner war restlos begeistert. Schon vor 23 Jahren hatte sie ihre eigene Musikschule eröffnet, an der sie die Instrumente Klavier und Querflöte und Gesang unterrichtete. Ihr Sohn gab Unterricht in Schlagzeug und ihr Mann übernahm die Schüler mit der Blockflöte. Sie genoss auch das leckere italienische Menü, eine Pizza mit Lachs und Spinat, dazu einen gemischten Salat und eine Portion Tiramisu. Ihr Sohn Bernd ließ sich eine Lasagne, Antipasti und ein Tartufo schmecken. Auf ein Glas Rotwein verzichteten beide, denn sie wussten, dass die Polizei abends strenge Kontrollen durchführte. Vor allem Frauen waren suspekt, wenn sie nach Mitternacht unterwegs waren. Das Gerücht hatte sich schnell im ganzen Ort verbreitet und immer wieder war in der Zeitung zu lesen, dass sie erneut eine junge Frau erwischt hatten, die unter Drogeneinfluss gestanden hatte und ihr der Führerschein entzogen worden war. Angelika Portner war vorsichtig, sie konnte es sich nicht leisten, mehrere Monate aufs Rad angewiesen zu sein. Jede Woche brauchte sie ihre Massage und musste auch oft nach München fahren, um ihren Sohn bei einem seiner

Konzerte zu hören. Bernd spielte schon seit vielen Jahren E-Gitarre in verschiedenen Bands, mit seiner jetzigen Band hatte er soeben seine dritte CD herausgebracht. Die Premiere der neuen Tonaufnahme in einem Kellergewölbe in der Münchner Innenstadt war ein voller Erfolg gewesen. Die Mädchen waren begeistert und kannten die Lieder bereits auswendig. Die meisten hatten deutsche, nachdenkliche Texte und Deutsch Rock oder Pop war gerade sehr gefragt.

Die beiden liefen zurück zum Auto, das sie in einer kleinen Seitenstraße beim Arbeitsamt abgestellt hatten. Angelika Portner ließ den Motor an und fuhr los. Es war kurz vor 1 Uhr, als sie Richtung Kissing unterwegs war. Da bemerkte sie im Rückspiegel ein Polizeiauto, das sie mit dem Schild „Stopp – bitte halten Sie an!" zum Halten aufforderte. „Was habe ich falsch gemacht, ich bin mir keines Fehlers bewusst!" sagte sie zu ihrem Sohn und fuhr rechts an den Fahrbahnrand. Schon näherte sich ihr ein Polizist, dessen Statur gedrungen war und dessen Blick nicht sehr freundlich wirkte. Sie bekam es mit der Angst zu tun.

Kapitel 12

„Wenn ich recht behalte, habe ich wieder ein Opfer gefunden. Wie langsam diese Frau doch unterwegs war. Da ist sicherlich Alkohol oder Drogeneinnahme im Spiel", lachte ich, während ich mich dem schwarzen Fahrzeug näherte. Die Frau zitterte und das mit Recht. Gleich würde ich ihre Papiere kontrollieren und sie mit auf die Wache und zur Blutentnahme nehmen, um dann bei der Staatsanwaltschaft eine Anzeige zu machen. Ich freute mich tierisch. „Warum haben Sie mich angehalten, was habe ich falsch gemacht", stotterte Angelika Portner. „Sie fahren ausgesprochen langsam. Zeigen Sie mir sofort Ihre Papiere", forderte ich sie auf. Ohne zu zögern, überreichte die etwa 58-jährige Frau mir den Fahrzeugschein und den Führerschein. Ich behielt alles bei mir und forderte sie zu einer Alkoholkontrolle auf. Aber leider zeigte das Gerät auch beim dritten Mal keinerlei Alkoholgehalt im Atem an. „Warum sind Sie denn jetzt um 1 Uhr noch unterwegs?" wollte ich wissen. „Ich bin Musiklehrerin und war mit meinem Sohn in einem Klavierkonzert, danach noch in einem Restaurant. Darf ich das etwa nicht? Haben Sie etwas dagegen?" redete sie mich schwach an. „Doch sicherlich dürfen Sie das. Ich frage ja nur", gab ich kurz zur Antwort. Warum nur waren die Frauen immer gleich so frech zu mir. Die Wut stieg in mir hoch und ich verspürte ein komisches Gefühl in der Magengegend. Ob sie ahnten, dass ich es bei meinen Verkehrskontrollen vor allem auf das weibliche Geschlecht abgesehen hatte? Zu blöd, dass es eine Musiklehrerin war, die so in der Öffentlichkeit steht und von Eltern und Schülern immer die wichtigsten Neuigkeiten erzählt bekommt, dachte ich mir.

Missmutig gab ich die Papiere zurück, verabschiedete mich und lief zu meinem Auto zurück.

Kapitel 13

Bei Sabine Lang läutete das Telefon und sie hob den Hörer ab. Die Nummer erkannte sie auf den ersten Blick. Es war ihr Anwalt, der sie in dem Prozess gegen die Polizisten vertrat. Jetzt war bereits Ende Januar - mehr als zwei Monate nach der Verhandlung am Amtsgericht waren vorbei - und sie wartete ungeduldig auf ihren Berufungstermin am Landgericht. Jetzt würde sie ihn sicher gleich erfahren. Sie wollte endlich Gerechtigkeit sehen und erreichen, dass der Polizist seine Lügen zurücknahm, damit sie unverzüglich wieder ihr Auto zurückbekam, auf das sie zehn Jahre gespart und sich vor etwas mehr als einem Jahr gekauft hatte. Seit über sechs Monaten befand es sich bei ihrem Vater, weil die Batterie bereits nicht mehr angesprungen war und der Verkäufer ihr gesagt hatte, das Auto müsse regelmäßig bewegt werden. Rechtsanwalt Simon Fleißig schnaufte tief durch, bevor er zu sprechen begann. Was sie befürchtet hatte, war traurige Realität geworden. Der Berufungstermin sollte einen Tag vor der Aushändigung des neuen Führerscheins sein, den sie vor drei Wochen schon beim Landratsamt beantragt hatte. Was war da nur wieder schiefgelaufen oder war das pure Absicht, dass man das Geld von ihr endlich einkassieren könnte? Sie erhofften wohl, dass sie sicherlich die Berufung zurücknehmen würde, um nicht noch einen weiteren Monat ohne Fahrzeug zu sein. Simon Fleißig redete so lange auf sie ein, dass sie schließlich doch einwilligte und die Berufung zurücknahm, obwohl sie innerlich vor Wut kochte. Denn die Rücknahme könnte so ausgelegt werden, dass sie den unrichtigen Aussagen des Polizisten jetzt doch zustimmte. Kurzentschlossen und noch voller Zorn wählte sie die Nummer der Sachbearbeiterin bei der Führerscheinstelle und fragte, ob die Unterlagen eingetroffen waren, damit pünktlich am 12. März der neue Führerschein zur Abholung bereit liegen würde. Beantragt hatte sie alles auf der Gemeindeverwaltung am 17. Januar und man hatte ihr gesagt, in zwei Wochen läge alles dem Amt vor. Es wäre alles angekommen, aber die Bearbeitung könne erst beginnen, sobald vom Gericht das Urteil zugestellt worden sei, lautete die Aussage der Sachbearbeiterin. „Sobald es da ist, bearbeite ich Ihren Fall. Wenn der Führerschein bei mir eintrifft, schreibe ich Ihnen, wo und wann sie ihn holen können", sagte sie mit einer harten, gefühllos klingenden Stimme und legte ohne ein Auf Wiederhören auf.

Kapitel 14

Ich öffnete mein Postfach, um die neu eingetroffenen
E-Mails zu lesen. „Berufung ist zurückgenommen,
Strafe ist rechtskräftig" stand in großen Lettern in der

Überschrift. Meine schlaflosen Nächte hatten somit ein Ende, ich würde mir den zweiten Gerichtstermin ersparen, in dem ich erneut zum Fall der überprüften Autofahrerin vom Juli gehört worden wäre. Dreimal schnaufte ich laut durch. Es war geschafft! Wäre das Urteil vom Landgericht aufgehoben worden, hätte ich eventuell meine Beförderung wieder verloren. Ich hatte mich jetzt bereits an die 300 Euro mehr und ein weitaus besseres Leben gewöhnt. Einmal in der Woche ging ich beim Italiener essen, wenn ich meine Spätschicht beendet hatte. Auch Martina lud ich zwei- bis dreimal im Monat zum Essen ein, kaufte ihr ab und zu ein teures Parfum, Nagellack und dazu passenden Lippenstift oder sie durfte sich selbst etwas aussuchen. Unsere Beziehung war immer besser geworden und ich glaube wirklich, dass sie mich sehr liebte. Der Gedanke an meine Mutter und die Hassgefühle waren inzwischen weniger geworden. Hoffentlich blieb es so, ich war wirklich glücklich und zufrieden mit ihr. Ich wählte Martinas Nummer: „Na wie geht's dir? Sehen wir uns heute noch, ich lade dich zum Essen ein. Wie wäre es mit griechisch oder indisch?" fragte ich liebevoll und freute mich auf eine heiße Nacht mit ihr. Sechs Monate waren wir jetzt schon ein Paar und ich glaube, ich war inzwischen abhängig von ihren Küssen, ihren Umarmungen und ihrem weichen und warmen Körper, wenn sie mir ihre Liebe bewies. Ich hatte irgendwie die Hassgefühle gegen Frauen verdrängt oder sogar verloren. Sie trug immer die neuesten Dessous in schwarz, weiß oder einem feurigen Rotton.

Und wenn ich sie nur kurz an der Brust und im Schritt berührte, war sie gleich ganz feucht und wollte von mir befriedigt werden. Oft sogar nicht nur einmal, sondern zweimal innerhalb von wenigen Stunden. Ich schaute mir wieder das Foto an, das sie mir vor wenigen Tagen über WhatsApp geschickt hatte. Mit einer neuen Kurzhaarfrisur, knallroten Lippen und einem engen kurzen Kleid, in dem ihre weiblichen Rundungen sehr gut zur Geltung kamen. Ich fühlte mich gleich erregt und so überglücklich wie noch nie in meinem Leben. Vielleicht könnten wir bald eine glückliche Familie mit einem oder mehreren Kindern werden. Ich wünschte es mir so sehr. Ich war ein Einzelkind gewesen und meine Kindheit war nicht sehr schön gewesen, aber jetzt wollte ich dafür das Beste aus meinem Leben machen. Es sollte nicht so traurig wie das meines Vaters enden. Er war vor lauter Enttäuschung über meine Mutter und seine unbefriedigende Arbeit zum Alkoholiker geworden. Jegliche Hilfe lehnte er rigoros ab. Es war für mich nicht leicht, das mit ansehen zu müssen, wenn ich ihn ein- bis zweimal im Monat in seiner kleinen Wohnung besuchte.

Kapitel 15

Sabine Lang hatte eine Reise zu ihrer Freundin mit dem Zug gebucht und freute sich riesig auf diese schöne Woche. Vor genau einem Jahr hatten sie sich zuletzt gesehen. Zwei Tage vor der Abfahrt sah sie plötzlich, dass noch eine E-Mail von der Sachbearbeiterin in der Führerscheinstelle bei ihr eingegangen war. Was wollte die denn am späten Freitagnachmittag noch von ihr? Alle Unterlagen lagen ihr doch bereits seit langem vor. Was könnte gegen eine schnelle Bearbeitung sprechen? Mit zittrigen Fingern öffnete sie die Nachricht und traute ihren Augen nicht. „Sie hatten bei der Verkehrskontrolle angegeben, dass Sie Blutdrucktabletten einnehmen. Bevor ich Ihren Antrag weiterbearbeiten kann, benötige ich von Ihnen ein ärztliches Attest, aus dem hervorgeht, seit wann Sie dieses Medikament einnehmen, ob Sie es regelmäßig nehmen und zu welchem Zeitpunkt und ob die Tabletten keinen Einfluss auf das Fahrverhalten haben." Außerdem forderte sie noch den Namen der Ärztin und seit wann sie bei ihr in Behandlung war. Es war ein großer Fehler gewesen, diese E-Mail so kurz vor dem Schlafengehen zu lesen, denn der Ärger und die Frage, ob das überhaupt erlaubt sei, sorgten dafür, dass Sabine Lang zwei Stunden lang im Bett lag, nachdachte und sich maßlos ärgerte, bevor sie endlich einschlafen konnte. Die ganze Nacht drehte sie sich unruhig hin und her, hatte am Morgen schreckliche Nackenverspannungen und ein leichtes Schwindelgefühl. Gleich am Samstagmorgen wollte sie sich dieses Attest bei der Ärztin besorgen, um am Montag nicht in Hetze auf die Reise gehen zu müssen.

Als sie um 9 Uhr bei der Arztpraxis ankam, erfuhr sie allerdings, dass das Attest nicht ausgestellt werden könne, sondern sie gleich am Montag um 7 Uhr bei Öffnung der Praxis anrufen solle. Das machte sie und erfuhr dabei, dass ein solches Attest noch niemals von einer Ärztin dort ausgestellt worden sei und sie das keinesfalls machen werde. Sie rief augenblicklich beim Landratsamt an, aber die Sachbearbeiterin war im Urlaub und ihre Vertreterin beharrte weiterhin auf diesem Attest. Auch der von ihr angeschriebene Landrat lenkte nicht ein, sondern schrieb nur lapidar: „Tut mir leid, aber sie fordert es trotzdem". Deshalb radelte sie bei Nieselwetter und eisigen Temperaturen um 8 Uhr los, um sich diese gesetzlich nicht vorgesehene, aber doch vom Landratsamt Aichach-Friedberg verlangte Bescheinigung ausstellen zu lassen, die zudem auch noch kostenpflichtig war. Das Attest würde sowohl an den Anwalt als auch direkt an die Sachbearbeiterin per Fax gesandt werden, erfuhr sie und freute sich auf eine entspannte Woche bei ihrer Freundin.

Kapitel 16

Die Corona-Pandemie hatte bei ihrer Rückkehr am 28. Februar 2020 auch Deutschland erreicht. Als Sabine Lang im Zug auf der Heimreise saß und gemütlich in einem Buch las, fanden in Bayern bereits die ersten Hamsterkäufe statt. Sie erfuhr es durch eine Freundin, die ihr ein Foto schickte und schrieb: „Pass nur auf, dass du gesund heimkommst!" Die Menschen kauften wichtige Vorräte ein und deponierten sie in einer großen Kiste im Keller. Knäckebrot, Tomatensauce, Gemüsekonserven, Säfte und vor allem Klopapier waren gefragte Produkte. Schon in der ersten Märzwoche wurden strenge Regelungen getroffen: die Schulen wurden ab Mitte März bis auf weiteres geschlossen, nur noch die Lebensmittelgeschäfte, Apotheken und Optiker hatten geöffnet und die Menschen durften lediglich Personen des eigenen Hausstandes treffen. Außer zum Einkaufen, für Arztbesuche und Sport im Freien war es nicht mehr erlaubt, das Haus zu verlassen. Die Einhaltung der Regelungen sollte die Polizei überprüfen und bei Nichteinhaltung harte Strafen verhängen. Sabine Lang hatte noch einen Expresszuschlag von 22 Euro bezahlen müssen, weil die Sachbearbeiterin ihren Vorgang einfach liegengelassen hatte und erst zehn Tage vor dem Termin bearbeitet hatte. Am 12. März konnte sie endlich den Führerschein abholen und freute sich, wieder normal arbeiten, zu Sportveranstaltungen gehen und Freunde treffen zu können. Aber so sehr sie sich darauf gefreut hatte, jetzt war das alles ganz plötzlich verboten und bei Nichteinhaltung mit hohen Strafen belegt worden. Jeden Tag war in der Zeitung von den zahlreichen Verstößen gegen die Corona-Regeln zu lesen. Was war das Ziel solcher Artikel? Den Leuten zu zeigen, dass es nicht nur leere Worte waren, sondern wirklich eine gravierende finanzielle Einbuße zur Folge haben konnte. Wer konnte sich das schon leisten, es machte gar keine Freude mehr, zum Einkaufen zu gehen. Fast täglich waren die Polizeiautos auf den Straßen unterwegs, wenn sie wohin fuhr. Jedes Mal bekam Sabine Lang einen riesigen Schrecken, wenn sie die Streifenwagen entgegenkommen sah. Oft fuhren sie schneller als erlaubt oder sogar mit Blaulicht. Für Sport im Freien war es noch etwas kalt, aber Sabine Lang machte ihn trotzdem: jeden Tag zog sie sich warm an, legte ihre Inliner an und drehte ihre große Runde von einer Stunde. Auch hier sah sie fast täglich Polizisten, die vorbeikommende Autos anhielten und überprüften. War Deutschland ein von der Polizei überwachtes Land geworden? Glaubte die Regierung nicht mehr daran, dass die Bürger Regelungen einhielten? fragte sie sich schließlich.

Kapitel 17

Ich freute mich riesig auf meinen Außendienst, um die Einhaltung der neuen Infektionsschutzbestimmungen zu überprüfen. Ich war auf den Dörfern eingesetzt und sollte Autos anhalten, in denen mehr als eine Person saß. Sie mussten zum selben Hausstand gehören, ansonsten durfte ich eine Strafe verhängen. Ich postierte mich in einer Seitenstraße. Plötzlich rauschte ein Auto vorbei, das eine ältere Dame fuhr. Auf dem hinteren Sitz saßen zwei jüngere Männer mit einem ausländischen Aussehen. Sie könnten aus Syrien oder Pakistan sein, dachte ich mir. Schnell zeigte ich mit meiner Kelle an, dass sie abbiegen und anhalten müsse. Verstört blickte mir die Frau in die Augen, aber ich freute mich innerlich wie ein kleines Kind, das sein erstes Weihnachtsfest erlebte. „Wer sind diese zwei Männer in ihrem Auto? Wenn sie nicht bei ihnen wohnen, muss ich es melden und sie bekommen eine Strafe wegen Verletzung der Corona-Regelungen", sagte ich mit lauter, strenger Stimme. Wie ich es mir gedacht hatte, war es ein Erfolg. Die ältere Dame war eine Asylhelferin und war mit den beiden anerkannten Flüchtlingen wie jede Woche am Dienstag beim Einkaufen gewesen. Eigentlich handelte es sich hier um eine nette Hilfe der Rentnerin, aber jetzt war das eben nicht mehr erlaubt. Auch wenn es bitterkalt draußen war, hätten die beiden mit dem Rad fahren und ihre Lebensmittel selbst einkaufen müssen. Ich stellte einen Bußgeldbescheid über 150 Euro aus und überreichte ihn der Frau. „Die Zahlung ist innerhalb einer Woche auf das angegebene Konto fällig. Ich würde Ihnen raten, gleich heute noch zu bezahlen, sonst kommen noch höhere Kosten auf sie zu und das wollen Sie sicherlich vermeiden!" sagte ich meinen Spruch auf, den ich inzwischen schon auswendig wusste und versuchte dabei, sehr streng zu schauen und keinesfalls zu lächeln.

Kapitel 18

„Groll, bitte kommen Sie sofort in mein Büro!" ertönte die verärgerte, laute Stimme meines Chefs aus dem Nebenzimmer. Was war nur geschehen, dass er schon am frühen Morgen in so einem ungewohnt barschen Ton mit mir sprach. War es der Stress mit den neuen Aufgaben in der Coronakrise oder gab es einen anderen Grund, überlegte ich verzweifelt.

Sofort spürte ich, dass mir dieser Tonfall auf den Magen schlug, ich glaubte sogar, dass ich gleich Durchfall bekommen würde. Ich lief noch einmal zur Toilette, bevor ich das Zimmer meines Chefs betrat. „Es ist eine Dienstaufsichtsbeschwerde und eine Forderung auf Schmerzensgeld gegen dich eingegangen. Erkläre mir bitte, was da passiert ist. Habt ihr an diesem Abend die erlaubten Grenzen überschritten?" plärrte er mich an. Kleinlaut erzählte ich, wie mein Kollege die Handschellen umgelegt hatte, wie er der Autofahrerin immer wieder verboten hatte, zur Toilette zu gehen, obwohl sie dringend darum gebeten hatte. Ich beichtete, dass er ihr sogar die Tasche weggenommen und ihr verboten hatte, jemanden aus ihrer Familie zu verständigen. „Du hattest die Oberaufsicht und hast das durchgehen lassen? Das ist ja der reinste Wahnsinn! War dein Wunsch auf Beförderung so groß oder was hast du dir nur dabei gedacht?" schrie er mich erbost an. Der Ruf seiner Polizeidienststelle stand auf dem Spiel, wenn das an die Öffentlichkeit gelangen würde. Außerdem würde ein Prozess nicht leicht zu gewinnen sein, weil wir zu zweit waren und die Wahrheit aussagen mussten. Ich bekam weiche Knie und hoffte, dass mein Chef mich noch aus dieser misslichen Lage befreien konnte. Als ich heimkehrte, rief ich meinen Anwalt an und holte seinen Rat ein. Er versprach, mich im anstehenden Prozess zu vertreten, wenn ich ihm eine Vollmacht unterschreiben würde. Bei einer Dienstaufsichtsbeschwerde würde sowieso nichts geschehen außer dass die übergeordnete Stelle erfuhr, dass wir uns nicht an unsere Vorschriften gehalten hatten. Der Polizeipräsident würde alle Punkte entsprechend begründen und wir waren beide gerettet und konnten unseren Arbeitsplatz behalten. Schließlich hatten wir beide jetzt eine Freundin in der Gegend und wollten nicht in den Norden von Bayern strafversetzt werden. Das war bereits einem Kollegen passiert, der sich hier im Landkreis gegen einen Bürger so falsch verhalten hatte, dass mein Chef ihn nach Hof geschickt hatte. Diese schreckliche Stadt an der damaligen Grenze zur DDR, nein, da wollte ich auf keinen Fall wohnen! Fast drei Stunden Fahrzeit einfach müsste ich bis dorthin rechnen und noch dazu die finanzielle Belastung bei diesen hohen Benzinpreisen, die seit einigen Wochen zu bezahlen waren. Der Gedanke daran, künftig in Hof wohnen und arbeiten zu müssen, verursachte mir augenblicklich auch noch hämmernde Kopfschmerzen.

Kapitel 19

Mein Anwalt musste vor der Verhandlung des Falles der Autofahrerin vor dem Landgericht Augsburg eine Stellungnahme abgeben. Er hatte geschrieben, dass die Frau nicht den Wunsch geäußert hatte, zur Toilette zu gehen. Außerdem hatte er angegeben, dass die Wertsachen einer überprüften Person immer von uns Beamten in das Fahrzeug getragen werden müssen. Dass wir darin Drogen vermutet hatten und dies mit einem Gerät im Polizeipräsidium feststellen konnten, ließ er gottseidank unter den Tisch fallen. Das sollten die Bürger besser nicht erfahren. Es ist in gewisser Weise ein Eingriff in die Grundrechte, den wir hier vornehmen.

Wenige Tage später ging die Stellungnahme des Anwalts der Autofahrerin ein. Vorschriftsgemäß war die Klage diesmal gegen den Freistaat Bayern formuliert worden und der Anwalt berief sich auf die unverhältnismäßige Machtausübung durch mich und meinen Kollegen. Ich erschrak furchtbar! Wenn das Gericht uns beide für schuldig erklären würde, dann würde auch der erste Prozess erneut aufgerollt werden. Sie würden meine Aussagen anzweifeln und was würde dann passieren? Mir drehte es den Magen um. Dass eine Frau zu so etwas fähig sein könnte und noch dazu so eine kleine Person? Ich hätte das nicht gedacht, dass sie ihre Drohung wahrmachen würde. Ich rannte zur Toilette und mein Frühstück war wieder draußen. Was konnte ich nur tun? Ob ich es Martina sofort erzählen und sie um Rat fragen sollte? Sie war doch meine Freundin und hatte erst letztes Jahr ihr Jurastudium mit Auszeichnung abgeschlossen. Sie müsste sicherlich wissen, was ich in dieser misslichen Lage tun könnte, um meine Haut zu retten.

Kapitel 20

Die Corona-Pandemie war noch nicht beendet. Die Zahlen stiegen schon ab Oktober immer weiter an und im November noch rasanter. Deshalb verhängte der bayerische Ministerpräsident weitere Einschränkungen und wir hatten noch mehr Kontrollmöglichkeiten. Von 21 Uhr bis 5 Uhr morgens war es den Bürgern verboten, das Haus zu verlassen. Jeder durfte nur eine weitere Person treffen und es mussten sehr teure FFP2-Masken zum Schutz gegen die gefährliche und für viele tödliche Krankheit getragen werden. Auch wenn ich als Polizist schon genervt war, diese Maske zu tragen, mit der ich mich wie ein Affe fühlte, blieb mir nichts anderes übrig, als mich diesem Gebot unseres obersten Landesvaters gehorsam zu fügen. Fast jeden Tag musste ich bereits um 4 Uhr morgens beginnen und in einen der umliegenden Orte fahren, um zu kontrollieren, ob nicht irgendjemand ohne Grund sein Haus verlassen hatte. Auch eine morgendliche Joggingrunde war für Menschen, die das bisher immer gemacht hatten, jetzt verboten. Eigentlich verstand ich das Ziel unseres Ministerpräsidenten Markus Söder nicht, denn Sport ist ja gerade gut für die Gesundheit und zur Abhärtung, aber Fragen sollten wir nicht stellen, sondern den Entscheidungen der Politiker vertrauen und die Beachtung der Bestimmungen einfach nur kontrollieren. Abends war es nicht anders: zu zweit fuhren wir Streife und überprüften Autofahrer und Fußgänger, die nach 21.15 Uhr noch unterwegs waren. 15 Minuten Karenzzeit sollten wir gewähren, lautete unsere Anweisung.

„Hallo, was machen Sie jetzt um 21.20 Uhr noch draußen?" fuhr ich eine Frau mit einer schwarzen Wollmütze an. Sie erschrak fürchterlich und erzählte mir, dass sie nach dem Essen noch einen Verdauungsspaziergang machen wollte und vergessen hatte, auf die Uhr zu schauen. Sie entschuldigte sich gleich zweimal für ihr Fehlverhalten. „Na gut, dieses Mal lasse ich Sie noch davonkommen. Aber beim nächsten Mal kassiere ich von Ihnen die 150 Euro!" sagte ich mit lauter, strenger Stimme und stieg wieder in meinen Dienstwagen.

Kapitel 21

Der Prozess war auf den 8. Juli 2021 um 11 Uhr festgesetzt worden. Sabine Lang hatte den Brief geöffnet und wunderte sich, dass erst eineinhalb Jahre nach ihrer Anklage die Verhandlung stattfinden würde.

Bei Nichterscheinen wurde ihr dieses Mal ein Ordnungsgeld von 1000 Euro angedroht. Natürlich würde sie es sich nicht nehmen lassen, alle Details des Abends zu schildern, um die geforderten 1400 Euro Schmerzensgeld endlich in Empfang nehmen zu können. Dass sie eine Entschädigung für die nicht erforderliche Machtausübung durch die Polizisten erhalten müsse, hatte ihr Simon Fleißig bereits bei mehreren Telefonaten gesagt. Auch ihre Ärztin war entsetzt, dass sich Polizisten so zu einer Frau verhielten. Das Schmerzensgeld wäre nur eine kleine Wiedergutmachung für das erlittene Leid, meinte sie. Eine letzte Besprechung mit dem Anwalt sollte eine Woche vorher stattfinden. Sabine Lang trug sich den Termin im Kalender ein. Das Datum konnte sie sich gut merken: es war der Geburtstag ihres Ehemannes gewesen, der inzwischen nicht mehr bei ihr wohnte. Endlich war wieder Ruhe in ihr Leben eingekehrt und sie konnte wieder optimistisch in die Zukunft blicken. Vielleicht würde ihr dieser Tag Glück bringen? Dieses Mal wollte sie Gerechtigkeit erfahren für das Unrecht, das sie durch die Falschaussagen erlitten hatte. Schließlich hatten die Polizisten im Nebenraum besprochen, dass eigentlich kaum etwas festzustellen war, sie das aber trotzdem hinkriegen würden. Warum sie das gemacht hatten, war ihr bis heute nicht klar. War es der Frauenhass des einen Polizisten oder waren sie durch ihren Vorgesetzten gezwungen, jeden Monat eine bestimmte Anzahl von Delikten zu melden, um eine Prämie kassieren zu können? Von ihrem Ex-

Mann wusste sie, dass er jetzt im Kundendienst bei der Post AG als Angestellter zu seinem festen Gehalt eine Leistungsprämie erhielt. Wie genau sie ermittelt wurde, wusste sie nicht. Aber sie hängte vom Umsatz der Kunden ab. Also konnte es schon der Fall sein, dass auch ein Polizist für jedes gemeldete Delikt eine zusätzliche Prämie erzielen konnte. Sabine Lang legte sich schlafen und betete, dass sie schnell einschlafen konnte. Wieder hatte sie den Brief erst am späten Abend geöffnet und wollte nicht erneut eine unruhige Nacht verbringen. Am nächsten Tag musste sie Unterricht geben und abends wollte sie eine größere Strecke joggen. Sie musste dafür gut ausgeschlafen sein, sonst würde sie keine Leistung erbringen können. Nach wenigen Minuten war sie eingeschlafen, ihr Kater legte sich neben sie und schnurrte behaglich. Die ganze Nacht blieb er bei ihr und erst am Morgen nach dem Klingeln des Weckers lief er mit ihr in die Küche, um sein Futter zu erhalten und danach in den Garten hinaus zu springen.

Kapitel 22

Was war hier nur wieder los? Eine Autofahrerin fuhr in Schlangenlinien über die Landstraßen nahe Merching. Ich nahm die Verfolgung auf und sah gleich, dass es sich um ein junges, etwa 20-jähriges Mädchen handelte, das als Fahrerin im Auto saß.
„Fahrzeugkontrolle. Fahrzeugschein und Führerschein

bitte vorzeigen", sagte ich mit strenger Stimme durch das geöffnete Fenster. Ich bemerkte, dass die junge Frau am ganzen Körper zitterte und den Tränen nahe war. Sie kramte in ihrem Fach, aber konnte mir keine Unterlagen vorzeigen. Die seien zu Hause, entgegnete sie mir mit weinerlicher Stimme. Als ich anordnete, dass sie aussteigen und wir gemeinsam zu ihrer Wohnung fahren würden, damit sie mir die Dokumente zeigen könnte, rückte sie mit der Sprache heraus. „Ich habe meinen Führerschein vor einem halben Jahr verloren, weil ich noch in der Probezeit war und einen Unfall mit geringem Alkoholgehalt im Blut hatte", stotterte sie kleinlaut. Ich behielt ihren Autoschlüssel ein, das Auto musste sie hier stehen lassen. Sie weinte bitterlich, denn ihre Mutter lag krank im Bett und hatte sie gebeten, noch Brot, Wurst und Käse für das Wochenende in Mering einzukaufen und bei dem Regenwetter hatte sie schnell das Auto genommen. Ihre Mutter wusste gar nichts vom Verlust des Führerscheins für ein Jahr. Sie lebe ganz alleine mit der Mutter im Haus, der Vater habe die Familie vor langer Zeit wegen einer jüngeren Frau sitzengelassen und nichts mehr bezahlt, fügte sie hinzu. Das war mir ganz egal, sie hatte das Auto benutzt, obwohl sie keinen Führerschein mehr hatte. Sie war fällig, ich würde sofort mit ihr zur Polizeiinspektion Friedberg fahren und den Fall aufnehmen und zur Anklage bringen.

Kapitel 23

Es war der 1. März 2021. In der Augsburger Innenstadt war eine neue Regelung in Kraft getreten. In der Maskenzone war es ab sofort nicht mehr erlaubt, die Maske zum Rauchen oder zum Trinken abzunehmen.

Die Menschen hatten zu oft das Rauchen und Trinken als Vorwand benutzt, um die Maske nicht tragen zu müssen. Ich war für diesen Tag eingeteilt worden, in Augsburg auszuhelfen, um Verstöße gegen die Verschärfung zu ahnden. Ich parkte mein Auto an der Ecke des Königsplatzes und begab mich schnellen Schrittes Richtung Annastraße. Gerade hatte sich ein junger Mann in dem Café an der Ecke einen Becher Kaffee geholt. Ich lief ihm nach, denn bestimmt würde er gleich die Maske abnehmen, um den Kaffee besser trinken zu können. Gesagt- getan: schon löste er die Maske von den Ohren, um sie in die Tasche des Anoraks zu stecken. Ich beschleunigte mein Tempo und war schnell bei ihm angekommen. „Guten Morgen. Wissen Sie nicht, dass es ab heute nicht mehr erlaubt ist, die Maske zum Trinken oder Rauchen abzunehmen?" sagte ich zu ihm. Er wusste es natürlich nicht und fragte mich, wie er denn mit Maske seinen Kaffee trinken solle. Mir war es selbst nicht so klar, wie er das machen solle. Ich fand die Regelung etwas seltsam, aber musste deren Einhaltung heute trotzdem überprüfen. „Maske wegziehen, einen Schluck trinken und dann die Maske wieder aufsetzen", sagte ich zu ihm und wies ihn darauf hin, dass er heute noch nichts bezahlen müsse, weil es der erste Tag der neuen Regelung sei. Aber schon ab Dienstag müsse man mit 150 Euro Strafe rechnen, fügte ich hinzu. Mit dem Rauchen fand ich es sogar noch schwieriger wie mit dem Kaffeetrinken. Maske ein Stück weghalten, an der Zigarette ziehen und Rauch rausblasen, dann wieder

Maske aufsetzen. Zum Glück traf ich keinen Raucher an. Der hätte mir sicher einen Vogel gezeigt, wenn ich ihm das Rauchen mit Maske erklärt hätte.

Aber was sah ich dort? Ein junges Mädchen zog die Maske herunter und brach in Tränen aus. Ich rannte in ihre Richtung und sah, dass sie etwas zu einem jungen Mann sagte, der wenige Meter neben ihr stand. „Setzen Sie sofort Ihre Maske in dieser Zone auf", rief ich mit lauter Stimme. „Meine Schwester hat geweint, weil sie mit der Anmeldung unserer Oma zu einem Impftermin einen Fehler gemacht hat und sie jetzt wieder auf einen Termin warten muss", sagte der großgewachsene Student. „Dann weinen Sie außerhalb des Maskenzonenbereichs", antwortete ich. Etwas anderes fiel mir nicht ein, denn ich sah ein, dass die

Maske von den Tränen schnell durchweicht und unbrauchbar geworden wäre. Glücklicherweise war mein Einsatz in Augsburg jetzt zu Ende und ich konnte zurück zum Polizeirevier Friedberg fahren.

Kapitel 24

Es war inzwischen Juli geworden. Der Prozess am Landgericht Augsburg rückte immer näher. Ich war aufgeregt, denn auch mein Kollege war diesmal zur Aussage verpflichtet. Für die Autofahrerin war eine Zeugin geladen, die schon beim letzten Prozess vor der Tür gestanden war, aber von der Richterin nicht mehr hereingelassen wurde. Sie schien sehr selbstbewusst und klug zu sein. Ich hatte in der Zeitung gelesen, dass sie seit einem Jahr ein politisches Amt innehatte, sie war sogar eine Stellvertreterin des Bürgermeisters. Das bedeutete, dass es nicht leicht für mich werden würde. Ich bekam es mit der Angst zu tun. Wie würde diese Frau nur aussagen, könnte mir das vielleicht zum Verhängnis werden? Ich merkte, dass mein Herz zu rasen begann, mir wurde schwindelig und schwarz vor Augen. Warum hatte ich beim ersten Prozess nicht zugegeben, dass ich so einiges im Protokoll geschrieben hatte, das gar nicht der Wahrheit entsprach? Wie würde das Landgericht in diesem Schmerzensgeldprozess entscheiden? Vielleicht würde der Anwalt diesmal selbstbewusster auftreten und sich besser vorbereitet haben als bei dem allerersten

Gerichtstermin. Mir schwante wirklich nichts Gutes. Ich war mir nicht sicher, ob ich auch diesmal heil davonkommen oder wie der Richter hier am Landgericht entscheiden würde. Es war mein erster Prozess am Landgericht Augsburg, vor dem ich sehr aufgeregt war. Fast jede Nacht schreckte ich schweißgebadet mit einem Alptraum hoch. Die letzten Tage konnte ich mich kaum noch auf meine Arbeit konzentrieren. Sogar mein Chef merkte, dass ich schlechter arbeitete, Fehler in die Protokolle brachte, zu spät kam oder unausgeschlafen war. Er ermahnte mich öfters und war ärgerlich auf mich, weil ich so schlecht arbeitete. Vielleicht ahnte er, dass mein Verhalten mit dem anstehenden Prozess zu tun haben könnte.

Kapitel 25

Ich wollte Martina unbedingt noch einmal vor diesem schwierigen Prozesstermin sehen. Wir verabredeten uns am 7. Juli in Augsburg beim Va Piano zum Essen. Es war Martinas Lieblingslokal, wie sie mir vor ein paar Tagen gesagt hatte. Wir wollten dort einen schönen Abend verbringen. Ich bestellte mir eine Pizza mit Lachs und Spinat und Martina einen großen Salatteller mit Hähnchenbrustfilet und Schafkäse. Wir leisteten uns vorher einen Aperol Spritz und zum Hauptgang einen Montepulciano. Martina wohnte nicht weit weg von dem Restaurant. Sie ging auch nach langen

Prozesstagen oft dort alleine zum Essen. Zu Fuß waren wir in fünf Minuten bei ihrer Wohnung. Wir liefen schnell die Treppen hoch und öffneten die Tür. Ein herrlicher Duft nach dem neuesten Parfum „Sì" von Giorgio Armani kam mir entgegen. Den hatte Martina heute aufgetragen, erinnerte ich mich sofort. Ich setzte mich aufs Sofa, während Martina noch für jeden ein weiteres Glas Rotwein und dazu ein Wasser in der Küche eingoss. Sie legte südamerikanische Musik auf und wir machten es uns gemütlich. Es dauerte nicht lange, bis Martina mich küsste und überall streichelte. Ich war erregt und wollte sofort mit ihr schlafen. Ich zerrte sie in das Schlafzimmer und wir zogen uns gegenseitig langsam die Kleidung aus. Es war so ein wunderbares Gefühl mit ihr. Ich konnte es mir nicht mehr ohne sie vorstellen. Inzwischen war ich mir auch sicher, dass der Hass gegen meine Mutter und andere Frauen verschwunden war. Ich war so froh, denn diese Gefühle waren immer so plötzlich und unerwartet hochgekommen und wühlten mich stundenlang auf. Oft konnte ich gar nicht gut schlafen oder wachte nachts plötzlich auf. Ich hatte schon mehrfach geplant, eine Psychotherapie zu beginnen. Aber ich konnte mich einfach nicht dazu aufraffen, es meinem Hausarzt zu erzählen. Ich wollte nicht, dass er einen schlechten Eindruck von mir bekam und ich hatte auch Angst, dass es mein Arbeitgeber erfahren und ich berufliche Nachteile bekommen könnte. Martina lag in meinen Armen und wir schliefen gemeinsam ein. Gegen 6 Uhr weckten uns die ersten Sonnenstrahlen, die durchs

Fenster hineinblinzelten. Ich öffnete vorsichtig meine Augen. Sie brannten leicht und ich merkte an meiner Müdigkeit und leichtem Schwindel, dass ich etwas zu viel Wein getrunken hatte. Ich war das nicht mehr gewöhnt, unter der Woche Wein zu trinken und dann auch noch im Bett Leistung bringen zu müssen. Sofort fiel es mir wieder ein und ich erschauderte innerlich: Heute ist der 8. Juli, in vier Stunden musste ich beim Gericht zum Prozess erscheinen. Ich stand langsam auf, ging ins Bad, duschte mich und zog mich schnell an. Natürlich musste ich vorher noch einmal nach Hause fahren, um meine Dienstuniform anzuziehen. Es war Pflicht, mit dieser vor Gericht zu erscheinen. So stand es in unseren Dienstvorschriften, die ich, ohne nachsehen zu müssen, im Kopf hatte.

Kapitel 26

Sabine Lang traf sich am Prozesstag schon gegen 10 Uhr mit ihrem Anwalt Simon Fleißig in der Augsburger Innenstadt. Es herrschte noch immer die FFP2-Maskenpflicht bei Betreten von Geschäften oder Amtsgebäuden, natürlich auch im Gerichtsgebäude. Auch wenn Kanzlerin Angela Merkel jedem Bürger einen Impftermin zugesagt hatte, waren erst die Bürger bis zum 50. Lebensjahr an der Reihe. Alle jüngeren mussten weiterhin warten. Aber auch die geimpften Personen waren nicht von der Maske befreit, denn den Virus konnten sie ja trotzdem noch weiterverbreiten. „Sie erzählen alles ganz genau, was Sie bei der Kontrolle im Ort und später auf dem Polizeipräsidium und im Krankenhaus erlebt haben. Bleiben Sie auf jeden Fall ruhig und sachlich. Keine Emotionen hochkommen lassen, auch wenn das sehr schwer ist nach allem, was Sie da erlebt haben", ermutigte der Anwalt seine Mandantin. Er war sich sicher, diesmal den Prozess gewinnen zu können. 1400 Euro Schmerzensgeld sollte Sabine Lang bekommen und er würde eine noch größere Summe von ihrer Rechtsschutzversicherung erhalten. Während der Corona-Pandemie hatte er nicht viel zu tun gehabt und freute sich darauf, diesen langwierigen Prozess endlich zum Abschluss bringen zu können. Ohne Einnahmen konnte er weder seine Kanzlei halten noch seine Familie ernähren. Er hatte bereits mehrere Monate Geld von seinen Ersparnissen abheben müssen. Eigentlich waren sie für einen Urlaub oder ein neues Auto gedacht. Sein jetziges Fahrzeug war bereits dreizehn Jahre alt und es kamen immer mehr und immer teurere Reparaturen auf ihn zu. Siegessicher erklomm er die Stufen bis zum Gerichtssaal. Sabine Lang folgte ihm in den zweiten Stock, wo sie beide im Gang warten mussten, bis sie über den Lautsprecher aufgerufen wurden.

Kapitel 27

Ich traf mich mit meinem Kollegen David in der Nähe des Königsplatzes. Das Polizeiauto parkte ich am Straßenrand und wir liefen die letzten Meter zum Gericht im Laufschritt zu Fuß. „Warum hast du vor zwei Jahren eigentlich nicht die Wahrheit im Protokoll geschrieben? Wenn die Frau bereits am 10. August bei deinem Anruf bei ihr zu Hause am Samstag um 19 Uhr, eigentlich eine unzumutbare Zeit, mit einer Anklage gedroht hatte, warum hast du dann nicht spätestens bei Gericht die Wahrheit gesagt?" schrie mich David böse an. Aber er hatte sich an dem Abend auch mehr erlaubt, als uns laut Gesetz erlaubt gewesen war, schwirrten die Gedanken durch meinen Kopf. Wir betraten das graue, kaltaussehende Gerichtsgebäude und als wir leicht atemlos nach dem Treppensteigen im zweiten Stock ankamen, war die Tür des Verhandlungsraumes bereits geschlossen. Durch die starken Türen konnten wir nichts hören, so sehr wir auch unsere Ohren spitzten. Ich spürte, dass mir das Herz bis zum Hals schlug. Noch nie hatte ich solche Angst vor einem Prozess gehabt wie heute. Meine Karriere stand auf dem Spiel und sogar mein weiteres Leben, das momentan so glücklich wie noch niemals zuvor war. Würde ich meine Stelle behalten können und würde meine Freundin auch noch zu mir halten, wenn ich jetzt den Prozess verlieren würde? Vor lauter Fragen, die wild durch meinen Kopf rasten, bekam ich

gleich Kopfschmerzen und ich schnappte heftig nach
Luft unter dieser widerlichen Maske.

Kapitel 28

„Polizisten Groll und Kahn, bitte treten Sie
nacheinander in Zimmer 22 ein! Zuerst Herr Kahn und
danach Herr Groll", ertönte die Lautsprecherstimme.
Mein Kollege war also vor mir dran. Was würde er im
Gerichtssaal aussagen, würde er den Verlauf unseres
Gesprächs im Nebenzimmer verraten? Hatte die
Autofahrerin vielleicht vorher schon darüber
berichtet? Die Minuten kamen mir ewig lang vor. Ich
durfte meinen Kollegen nicht mehr sprechen, sondern
musste direkt nach ihm in den Saal treten. Ich hatte

das Gefühl, unter dieser Maske ersticken zu müssen. Endlich öffnete sich die Tür und ich betrat mit großen Schritten das Zimmer und nahm an dem kleinen Tisch in der Mitte des Raumes Platz. „Bitte schildern Sie den Abend des 12. Juli 2019. Was haben Sie bemerkt und was haben Sie alles getan", forderte mich die Richterin auf. Mit großen Augen blickte sie durch ihre dicken Brillengläser mit schwarzem Rand. Mit stockender Stimme erzählte ich, dass wir die Fahrerin an ihrer großen Kamera über der Schulter wiedererkannt hatten und ihr gefolgt waren. Sie hatte nicht sofort angehalten, als wir sie dazu aufforderten. Als wir uns dem Fahrzeug näherten, bemerkten wir ihr erschrockenes Gesicht und die riesigen Augen. „Wir nahmen einen leichten Alkoholgeruch wahr und tippten wegen der großen Pupillen auf eine Drogeneinnahme", erklärte ich weiter. „Darum wollten wir die Überprüfung beim Krankenhaus durchführen lassen, verboten ihr, zur Toilette zu gehen und Wasser zu trinken", fügte ich noch hinzu. „Die Handschellen wären nicht nötig gewesen, das weiß ich. Eigentlich hätte sie auch nur einen Monat Fahrverbot als Strafe bekommen dürfen", gestand ich kleinlaut. Die Richterin blickte mir streng ins Gesicht und erwiderte mit lauter Stimme: „Warum haben Sie dann den Fall an die Staatanwaltschaft gemeldet und dieses Gerichtsverfahren eingeleitet? Gab es dafür vielleicht persönliche Gründe?" Mir blieb nichts anderes übrig als zuzugeben, dass ich diese Anklage brauchte, um die langersehnte Beförderung zu erreichen. Die Richterin warf wütend ihre Unterlagen auf den Tisch und schrie mich erbost an: „Durch ihr Verhalten haben Sie das Vertrauen in die Polizei in besonders schwerem Maß verletzt. Der Freistaat Bayern wird verpflichtet, 1400 Euro Schmerzensgeld an Sabine Lang zu bezahlen. Ich werde den Sachverhalt an Ihren Dienstvorgesetzten melden und Sie werden erfahren, wie es mit Ihnen weitergeht! Hier werden Sie vermutlich nicht mehr eingesetzt werden!" Mein Kopf dröhnte, meine Ohren taten mir weh, ich hatte das Gefühl, auf der Stelle umzufallen. Ich verließ umgehend das Gerichtsgebäude und rannte schnurstracks zu meinem Streifenwagen. Ich wollte sofort nach Hause, ich wollte niemanden mehr sehen, nichts mehr essen, einfach nur noch schlafen, schlafen, schlafen und das eben Erlebte aus meinem Kopf streichen.

Kapitel 29

Simon Fleißig war gut gelaunt, denn er hatte sein angestrebtes Ziel wirklich erreicht. Eigentlich hätte er versuchen können, sogar noch etwas mehr zu fordern, aber seine Mandantin wollte nur einen Betrag von 1400 Euro haben. Er nickte zu Sabine Lang hinüber, die zufrieden über den Ausgang des Gerichtsprozesses wirkte. Sie spürte, wie gut es ihr tat, endlich die Gerechtigkeit zu erfahren, die sie beim ersten Prozess vor eineinhalb Jahren nicht bekommen hatte. Gerne hätte sie gewusst, wie es mit dem Polizisten weiterging, aber sie würde es vermutlich niemals erfahren. Oder würde sich eventuell die Tageszeitung in den nächsten Tagen mit ihrem Fall beschäftigen? Schließlich war dies eine sensationelle Mitteilung und für die Zeitung sehr interessant, um die Leserzahl vor allem im Internet zu erhöhen. Es gab Plusartikel, für die mussten die Leser bezahlen, um sie lesen zu können. Außerdem lag die Kanzlei von Simon Fleißig im Verbreitungsgebiet der Zeitung. „Danke vielmals für Ihre Hilfe", sagte sie und verabschiedete sich, um zum Zug zu laufen. Da das Gerichtsgebäude mitten in der Stadt lag und die Parkmöglichkeiten sehr eingeschränkt und dazu noch teuer waren, hatte sie auf das Auto verzichtet. Die Fahrzeit mit dem Zug betrug nur 15 Minuten und der Weg vom Bahnhof zum Gerichtsgebäude war nicht allzu weit. „Ich habe Ihnen für das Vertrauen zu danken, das Sie mir erneut entgegengebracht haben, obwohl ich beim ersten Mal gescheitert bin. Ich wollte mich diesmal revanchieren und zum Glück ist es auch gelungen", verriet er lachend. Sie merkte, wie sichtlich gut ihm der Erfolg tat. „Jeder Mensch möchte gerne Erfolg haben. Misserfolg ist nicht gerade förderlich für das Selbstbewusstsein", dachte sie bei ihrem Spaziergang Richtung Bahnhof.

Kapitel 30

Endlich war ich zu Hause angekommen. Die eigentlich
sehr kurze Fahrtstrecke kam mir diesmal ewig lang vor.
Noch immer klangen die Worte der Richterin in
meinen Ohren: „Ich werde es noch heute Ihrem
Dienstvorgesetzten mitteilen und er entscheidet über
Ihren weiteren Einsatz!" Was würde mein Chef
unternehmen und wie würde meine Freundin Martina
reagieren? Ich wusste nicht, wie ich es ihr sagen sollte,
wenn wir uns wiedersahen. Zwei Wochen waren
inzwischen vorbei und ich hatte in den letzten Tagen
auch keine Meldung über WhatsApp von ihr erhalten.
Vielleicht hatte sie nur momentan sehr viel Arbeit. Ich
hoffte nicht, dass sie einen anderen Mann getroffen
hatte und die Beziehung mit mir beende würde. Bei
diesem Gedanken fühlte ich mich ganz schlecht. Ich
wusste nicht, wie ich eventuell ohne sie leben sollte.

Ich war gerade dabei, ein Brot mit Käse und
Tomatenscheiben zu belegen, als das Telefon klingelte.
Martina war am Apparat. Kleinlaut erzählte ich ihr,
dass ich den heutigen Prozess am Landgericht verloren
hatte und der Freistaat Bayern das geforderte
Schmerzensgeld bezahlen musste. „Wieso das denn?"
fragte sie mich neugierig. Ich gab zu, dass der Inhalt
des Protokolls nicht ganz den Tatsachen entsprochen
hatte. „Bist du verrückt geworden? Du hast eine
Anzeige gemacht, obwohl das gar nicht nötig gewesen

wäre? Bist du etwa ein Frauenhasser oder was war dein Beweggrund, diese arme Autofahrerin so hinzuhängen?" brüllte sie in den Hörer. „Ich will dich nie mehr wiedersehen. Eventuell behandelst du mich auch bald so schlecht", waren ihre letzten Worte. Meine schlimmsten Befürchtungen waren wahr geworden: ich hatte meine Freundin, die ich inzwischen so liebte, durch meine Lügerei verloren. Der Traum vom Familienleben mit einer Frau und Kindern war wie ein Luftballon zerplatzt. Aber was würde mir in beruflicher Hinsicht passieren? Ich wagte es kaum, darüber nachzudenken.

Kapitel 31

Mit hängenden Schultern und ganz weiß im Gesicht vom Schlafmangel betrat ich das Polizeigebäude. Mein Chef saß am Schreibtisch und wusste bereits, dass ich den Prozess wegen meiner Falschaussage und der Machtüberschreitung bei der nächtlichen Kontrolle verloren hatte. „Was haben Sie sich denn dabei gedacht, nicht bei der Wahrheit zu bleiben und diese Frau so unangemessen zu behandeln?" sagte er mit hochgezogenen Augenbrauen. Er ahnte, dass es mit meiner anstehenden Beförderung im Zusammenhang stand. „Sie wissen schon, was jetzt passiert? Die Beförderung wird rückgängig gemacht und Sie werden mit sofortiger Wirkung nach Hof versetzt!" fuhr er mich an und erhob sich aus seinem Ledersessel, um mir das Schreiben über meine Versetzung zum 1. September auszuhändigen. Die Tageszeitung lag bereits auf seinem Schreibtisch und die erste Seite des regionalen Teils war aufgeschlagen. Voller Schrecken las ich die Überschrift: „Friedberger Anwalt gewinnt Prozess gegen Polizisten – Freistaat Bayern zahlt erstmals ein Schmerzensgeld wegen unnötiger Machtüberschreitung".

Kapitel 32

Simon Fleißigs Telefon stand nicht mehr still. Seine Freunde gratulierten ihm zu seinem grandiosen Erfolg.

Neue Mandanten wollten ihn beauftragen, sie in einem Rechtsstreit ebenso gut zu vertreten wie es ihm bei der Autofahrerin gelungen war. Er konnte es selbst noch gar nicht so richtig glauben. Das war seit einem halben Jahr der erste Prozess, den er gewonnen hatte! In allen anderen Fällen hatte er zwar die Höhe der Strafe abmildern können, aber seine Mandanten waren leider nicht freigesprochen worden. Ob der heute erschienene Zeitungsartikel ihm hilfreich sein könnte? Schlecht wäre es nicht, überlegte er. Auch seine Kollegin könnte ein paar mehr Aufträge gut gebrauchen. Sie jammerte ihm seit Wochen vor, dass sie sich kaum noch genügend zum Essen kaufen könne, wenn es so schlecht weiterginge. Er dachte sich zwar, dass es nicht der Wahrheit entspreche und es ihr auch guttäte, ein paar Kilos abzunehmen. Aber er hielt lieber seinen Mund und sagte besser nichts dazu. „Endlich ist dieser Frauenhasser weg und kann nicht noch weitere Frauen in einen Prozess zerren, wie er es bei mir getan hat", hatte Sabine Lang zu ihm beim Verlassen der Kanzlei gesagt. Sie musste noch einmal vorbeikommen, weil er ihr Konto für die Überweisung des Schmerzensgeldes wissen musste und ihr das Schreiben des Gerichtes persönlich aushändigen wollte. Eigentlich war er selbst auch froh, dass er für die Versetzung dieses bösen Menschen gesorgt hatte. Ein großer Stein fiel von ihm jetzt ab. So einen langandauernden und schwierigen Fall wie diesen hier brauchte er so schnell nicht noch einmal. Zwei Jahre hatte er jetzt damit verbracht und es war nicht immer leicht für ihn gewesen. Er atmete tief durch und lief in die Küche, um sich eine frische Tasse Kaffee und eine Butterbreze zum Mittagessen zu holen. Dann betrat er gestärkt wieder sein Büro, um sich seinen nächsten Fall durchzulesen.